AF502383

Tristan DERÈME

Petits Poèmes

Préface de M. Philippe HUC

PARIS

SOCIÉTÉ FRANÇAISE D'IMPRIMERIE ET DE LIBRAIRIE

ANCIENNE LIBRAIRIE LECÈNE, OUDIN ET Cⁱᵉ

15, rue de Cluny, 15

1910

Petits Poèmes

DU MÊME AUTEUR

Le Renard et le Corbeau, poème comique (1905), hors
commerce.

Le Tiroir secret, poèmes (1906), hors commerce.

La Chimère vaincue, poèmes (1907), hors commerce

Le Parfum des Roses fanées, poèmes (1908), hors
commerce.

Les Ironies sentimentales, poèmes. Éditions de la revue
Poésie, Toulouse (1909), hors commerce.

Avec MM. Francis CARCO, Léon DEUBEL, Roger
FRÊNE, Georges GAUDION, Jean PELLERIN, Jules
ROMAINS, André TUDESQ :

L'OLIPHANT

REVUE DE LITTÉRATURE

Décédée dans le deuxième fascicule de son âge.

EN PRÉPARATION :

L'Univers et la Poésie, essai.

*Il a été tiré du présent ouvrage cinq exemplaires sur Japon,
numérotés.*

Tristan DERÈME

Petits Poèmes

Préface de M. Philippe HUC

PARIS
SOCIÉTÉ FRANÇAISE D'IMPRIMERIE ET DE LIBRAIRIE
ANCIENNE LIBRAIRIE LECÈNE, OUDIN ET Cⁱᵉ
15, rue de Cluny, 15

1910

Préface

Monsieur Derème au cœur trop tendre
par ses propos nous fait dormir.
Ah ! que de grâces à lui rendre :
il nous épargne de l'ouïr.

PHILIPPE HUC.

Allez et que l'amour vous serve de cornac,
        doux éléphants de mes pensées.
            O poëte, tu n'as qu'
à suivre allégrement leurs croupes balancées,
cependant que l'espoir te tresse un blanc hamac.

Tu as voulu guider ton troupeau vers les cimes,
vers le glacier que nul vivant n'avait foulé.
Les éléphants tremblaient sur le bord des abimes,
ou, tandis qu'ils tondaient un maigre serpolet,
        tu criais des strophes sublimes.

Va ! redescends avec tes monstres affamés
        vers la douceur des terres grasses.
        C'est le vallon que tu aimais,
        la maison aux volets fermés,
la flûte au bord du fleuve et les vieilles terrasses.

Voici la plaine herbeuse où tu reposeras
dans le hamac consolateur des infortunes.
L'air nocturne caressera tes membres las,
et les bleus éléphants brouteront des lilas,
    sous la clarté tiède des lunes.

PREMIÈRE PARTIE

O golfe calme, où le bonheur était ancré.

I

Comme j'allais, couvert de la poussière du voyage,
        heurtant aux pierres mes sandales,
vous étiez au balcon que les glycines automnales
        enguirlandent de leur feuillage.
    Et vous étiez si calme parmi l'ombre,
        votre visage était si pur
        en ce crépuscule d'octobre,
        que je sentais sur mon épaule
        se nouer un manteau d'azur,
et que dans ma poitrine, avec des gerbes d'étincelles,
        mon cœur vibrant battait des ailes !

II

Le Passé maugréait et frappait à la porte.
Je me taisais. Il m'appela d'une voix forte ;
Mais je continuai de songer à tes yeux ;
et j'entendais crier le vieillard furieux,
grelottant dans la nuit sous sa mante à ramages.

Il est entré portant un vieux livre d'images.

Laure, dans la maison à l'ombre des sureaux,
songeuse, tu brodais derrière les carreaux,
et si j'apercevais un livre à ta fenêtre,
je sonnais à la grille et tu voyais paraître,
au jardin envahi d'herbe et de serpolet,
celui qui dans les soirs longuement te parlait
et déroulait son rêve ainsi qu'un paysage...
Laure, où sont tes cheveux, tes mains et ton visage ?.,.

Vous qui pleuriez, mélancolique au soir tombant ;
toi qui sur ton épaule attachais un ruban
mauve ; toi qui jouais *Manon* et l'ouverture
de *Tannhäuser* ; toi qui riais dans ta voiture...
O passé plein de fleurs et de chardonnerets !
Rires ! passé léger ! joyeux passé ! regrets !
Mésanges ! accourez, mes lointaines pensées !
O souvenirs, rameaux flétris, branches cassées...

Ah ! j'aurais dû, ce soir, te dire tout cela,
feuilleter avec toi le livre que voilà,
et te montrer au loin ces figures d'argile,
et nous aurions frémi de sentir si fragile
cet amour qui s'éveille et frissonne au soleil
d'octobre, notre amour incassable et pareil,
hélas ! à ces jouets de treize sous ! — Qu'importe !
Entends-tu l'espérance ? Elle frappe à la porte.
Elle parle : sa voix illumine ton cœur,
et son regard nous éblouit de sa candeur.
Sous le manteau de pourpre et la cuirasse triple,
cheveux au vent, partons pour le vaste périple.
Les merles se sont tus devant l'astre éclatant ;
et le navire aux voiles blanches nous attend
au port, prêt à cingler vers les îles lointaines
où le bonheur fleurit aux rives des fontaines.

Une invincible main nous pousse. Nous rirons
des rafales soufflant dans leurs rauques clairons.
A nous la mer immense, éblouissante et claire !
Il faut partir ! Partons ! Et vogue la galère !

III

J'exprimais autrefois d'une façon morose
mon désespoir et ma tristesse à l'eau de rose.
Mon poëme était plein de larmes, de douleurs,
de cris, et je riais en décrivant mes pleurs.
Plus artificiel qu'un pâtre de pendule,
je ciselais, avec un sourire incrédule,
des agrafes et des boutons de corozo.

Mais l'Amour a paru soufflant dans un roseau...

IV

Droite, dans la candeur des voiles, à l'orée
du bonheur, les yeux clairs, radieuse et laurée
d'un feuillage éternel et qui bruit au vent
des plaines, tu souris aux roses du levant :
et le matin qui chante aux branches de la berge
inonde de clarté ton visage de vierge.

V

D'allégresse vibrant de la nuque au talon,
sur le char attelé d'un quadruple étalon,
et dans mon cœur brisant la dernière relique,
je suis parti vers ta beauté mélancolique.
Mes chevaux bondissaient dans la lumière ! Vois,
ô miracle ! j'oublie, au rythme de ta voix,
la meute des lions qui grognait sur ma trace
et la nuit. Et j'enlève en riant ma cuirasse
puisque le soleil flambe et puisque tu jaillis
comme une source fraîche à l'ombre des taillis.

VI

Mon espérance était tombée
sur le dos, comme un scarabée...

Mais tu parus sur le chemin,
rieuse, une ombrelle à la main.

Tu retournas l'insecte frêle
avec la pointe de l'ombrelle,

Et soudain l'insecte, au delà
des soleils calmes. s'envola !

Mon espérance était tombée
sur le dos comme un scarabée ..

VII

Le vent perce la porte et souffle sur le feu ;
et je tremble qu'un jour nous puissions dire : « Feu
notre amour... » Tu souris, heureuse et rassurée ;
notre tendresse est forte et brave la durée.
Et cependant... Non, non, le charme est trop puissant
qui lie à ta beauté mon cœur adolescent
pour que jamais le rompe ou le temps ou l'orage.
Vivons paisiblement sous ce tranquille ombrage
sans redouter qu'un jour le ciel soit obscurci,
car l'amour éternel...
                    Et c'est toujours ainsi.

VIII

Tu parus. Mais les doigts posés sur le loquet,
tu t'arrêtas avec un air interloqué.
Puis devant les papiers qui encombraient la table,
tu dis : « Cette maison devient inhabitable ! »
Et ton sautoir frémit dans ses cent trois maillons.
Voici bientôt deux mois que nous nous chamaillons,
voici deux mois bientôt que je t'ai rencontrée
et que je sais ton goût natif pour l'eau sucrée,
les pommes vertes, les promenades, les sous-
bois en octobre et les romans à quatre sous.
Tu grondes, mais je sens, dans nos pires querelles,
quand bondissent les mots comme des sauterelles,
que tu n'es pas fâchée et qu'au fond tu souris
en ton cœur plus léger qu'une dent de souris.

IX

Le temps est achevé des cris et des tempêtes ;
aimons-nous aujourd'hui sans tambours ni trompettes ;
et les étalons blancs qui piaffent dans la cour,
nous les mettrons à l'écurie. O mon amour,
suis-moi ; nous mènerons le troupeau noir des chèvres.
Les mots ambitieux déserteront nos lèvres ;
nous raillerons la gloire et nous nous étendrons,
le soir, pour bavarder, sous les rhododendrons.

X

Celui qui partira loin de la ville, qu'il le
veuille ou non, pleurera ton visage tranquille,
ta grâce et la beauté de tes cheveux flottants.
Et les roses et les guirlandes du printemps
qui fleurirent ton front de leur délicatesse
se faneront devant ses yeux et sa tristesse.
Mais au bord de la nuit calme, sur le chemin,
il songera qu'un soir tu lui donnas ta main,
qu'il a baisé tes doigts dans l'ombre coutumière
d'un automne, et son cœur sera plein de lumière.

XI

Quand tu m'auras quitté (ne lève pas les bras),
quand tu m'auras quitté, car tu me quitteras,
je n'irai plus chercher d'œillets chez la fleuriste
Je demeurerai seul avec mon rêve triste,
et je dirai : « Voilà la chambre où tu te plus,
et voici le miroir qui ne te verra plus,
la table d'acajou, le canapé, le pouf, le
tabouret où le soir tu posais ta pantoufle.
O golfe calme, où le bonheur était ancré!... »
Et quelquefois amèrement je sourirai,
en feuilletant mon vieux Racine aux coins de cuivre,
des pantins que tu fis dans les marges du livre...

XII

J'avais toujours rêvé d'éternelles amours.
Les nôtres ont duré trois mois et quatre jours.
C'est beaucoup. J'aurais pu ne jamais te connaître.
Ainsi tournons la page et fermons la fenêtre
ouverte sur la plaine immense du bonheur
Ce soir, nous passerons chez le camionneur.

Mouche, ne chaussons pas le tragique cothurne,
et n'ayons ni front noir ni visage nocturne.
Quittons-nous sans soupirs, sans larmes, sans discours.
Terre ! nous achevons un voyage au long cours.
Débarquons ! Tu t'en vas. Je m'en vais Il faut rire,
et ne prendre pas l'air de goujons mis à frire.

Et, tout bas, je sanglote en te parlant ainsi.
et tu baisses la tête et tu pleures aussi.

XIII

O vous qui par le bout du nez me conduisîtes,
je vous rencontrerai parfois dans les visites.
Nous nous ferons un grand salut ; puis vous direz :
« Le temps est beau. » Je répondrai : « Les soirs sont frais. »
Que ces phrases, Seigneur, seront intéressantes !
Mais le passé battra des ailes dans les sentes
où nos rêves fuiront sous le soir odorant...
Et tous deux nous prendrons un air indifférent.

DEUXIÈME PARTIE

Elle apparaît, riant sous sa petite ombrelle.

I

Vieille arquebuse entre les vieilles arquebuses,
pour me tenter encor c'est en vain que tu t'uses,
amour ! Mes chiens sont morts et mon rêve lointain.
Et n'étant plus de ceux qui partent au matin
et foulent en chantant la luzerne qui plie,
je suspendrai ta rouille à quelque panoplie.
Que ceux-là seulement te viennent décrocher,
de qui l'espoir est plus solide qu'un rocher.
Qu'ils partent ! Les chemins sont blancs de tubéreuses.
L'oiseau jette à l'azur ses notes langoureuses.
Qu'ils partent ! Mais l'oiseau qui nargue le péril
avalera leurs plombs comme des grains de mil !

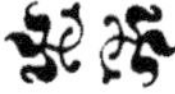

II

La maison où je l'ai connue
abrite un cuistre chauve et gras.
Où est la courbe de ses bras ?
Où est sa gorge dure et nue ?

Bon cuistre (*hic, hæc, hoc, hujus,*
hujus, hujus , parle-moi d'elle ;
que ta voix comme une chandelle
éclaire les plaisirs que j'eus.

Je viendrai dans l'étroite chambre.
et les souvenirs sur les murs
seront pareils à des fruits mûrs
sur les espaliers de septembre

Cuistre adorable (*hic, hæc, hoc*),
son amant fleure-t-il le musc, le
réséda bleu ? Tend-il le muscle
du mollet comme un jeune coq ?

Voici le store et les persiennes.
La tendresse donnait le *la*.
Comme c'est drôle tout cela !
Oh ! les gravures anciennes !

Cuistre, je t'aime avec éclat,
car le cuir de ton crâne chauve
reflète l'ombre de l'alcôve
où l'amour aux dieux m'égala.

Une feuille de l'hiver blême
tombe sur la table où j'écris ;
et je raille malgré les cris
que j'entends au fond de moi-même.

Il faut être gai, voyez-vous,
comme un lièvre sur une touffe,
quand la tristesse vous étouffe
et vous fait ployer les genoux.

L'azur est clair, la vie est belle,
je meurs, tu meurs et nous mourons.
J'ai de la terre plein le front.
Ouvrez l'amour comme une ombrelle.

Ah ! ferme ces yeux obstinés
si rien au monde n'est durable,
et mets la lampe sous la table,
car l'encrier te rit au nez !

III

Entre la vie et moi tirant un voile épais,
j'enfermerai mon cœur et conquerrai la paix.
Je sèmerai dans mon oreille une tulipe ;
et quand j'aurai fumé mes cheveux dans ma pipe,
pour marquer la retraite où je m'ensevelis,
sur mon crâne rasé je ferai peindre un lis.

IV

Débouchons l'encrier et, du titre à la table,
j'écrirai, pour lui plaire, un livre lamentable
où, le cœur écrasé sous plusieurs univers,
je veux agoniser durant deux mille vers.
O prodige ! Ma plume au fond des écritoires
harponnera les adjectifs lacrymatoires
et vibrants comme les anguilles des fossés.
Et de petits mouchoirs seront dûment fixés
dans les marges de ces poèmes pathétiques.
Un volume in-dix-huit dans les bonnes boutiques...

V

A quoi bon te chercher, gloire, vieille étiquette !
Et quel rêve ai-je mis aux vers de ma plaquette ?
Le douloureux poème où s'exalte mon front,
au bouquiniste ceux que j'aime le vendront.
Devant la meute des grattoirs, vol de bécasses,
demain s'effaceront les mots des dédicaces ;
et si, dans le pays aimable où nous tombons,
Mon livre encor ne sert de cornet à bonbons,
du moins pourra-t-on voir l'amour que nous sentimes,
en étalage, au prix de quarante centimes.

VI

Toi qui passes foulant la neige de la rue,
Vois sur ma porte deux lions et une grue
qu'un vieillard catalan dans la pierre a sculptés.
Médite, et que ton rêve aux lignes de clartés
neuves, pour picorer la grappe des étoiles,
ouvrant ses ailes d'or comme de grandes voiles,
plane, le col tendu, dans un ciel enchanté,
et raille les lions de la réalité.

Quand on n'a plus ni sou, ni bûche, ni fagot,
quand on a le cœur froid comme un vieil escargot,
hélas ! et pas un brin de tabac pour trois pipes,
on évoque un jardin torride où des tulipes
fastueuses dans la fournaise des juillets
s'épanouissent ; et les yeux émerveillés,
l'on rêve. Mais alors doucement tu murmures,
ma lampe, et songeant au verger des figues mûres,
aux corbeilles de fruits lourds sur le guéridon,
le cœur s'en va comme un navire à l'abandon.

VIII

Si tu as bu le vin suprême des idées,
pour toi le ciel est noir et les vierges ridées.
Et, les contrevents clos aux splendeurs des étés,
tu t'exaltes devant tes livres annotés ;
les pages dans le soir vibrent comme des ailes
et l'encrier jette des gerbes d'étincelles.
Ainsi le front courbé sous la lampe tu lis,
drapant ton rêve dans l'orgueil aux larges plis,
jusqu'à l'heure où, poussant la porte d'un doigt frêle,
Elle apparaît, riant sous sa petite ombrelle.

IX

Elle disait : Le bonheur vient on ne sait d'où.
Bats le briquet contre la mèche d'amadou
et fume lentement et regarde les bûches
rouges. Les heures sont douces comme des cruches
et tu les bois au bord torride des chemins.
L'amour est chaud comme une pipe au creux des mains
et rien ne vaut pour ta tristesse familière
la paisible maison qu'environne un lierre.
Il neige. Mets, ce soir, tes pieds sur les chenets.
Reste. Le feu jaillit des gerbes de genêts.
Reste là, caressant une large tulipe.
Ton rêve s'éteindra, s'il neige dans ta pipe.

X

Par les matins d'hiver, quand je lisais tes lettres,
des roses de juillet fleurissaient aux fenêtres
de mon rêve. Bravant le givre, le verglas,
les averses, le vent du Nord sonneur de glas,
je murmurais tes mots en suivant les ruelles
tortueuses.. Soudain les rafales cruelles
s'apaisaient ; le soleil inondait les maisons ;
je m'avançais sous de divines frondaisons,
et je voyais sourire au fond du paysage
la grâce et la candeur de ton jeune visage.

XI

J'ai laissé de mon cœur tout le long du chemin
            comme les brebis de leur laine,
et j'espérais toujours qu'un tiède lendemain
            m'ouvrirait une herbeuse plaine.

Et toujours sous mes pas l'ortie et les galets ;
            Car c'est en vain que tu annonces,
Après l'orage, espoir, les matins étoilés,
            et la luzerne après les ronces.

Marche donc, vieux mouton, et marche ! Il faut marcher
            Vers un but secret et suprême.
Mais méprise la fin, la route et le berger,
            et le destin comme toi-même !

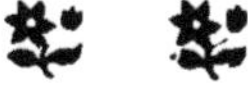

XII

Les jours sont plats comme des soles
et la rouille a couvert mon cœur ;
Mais tu parais et tu consoles
mon amertume, ô remorqueur !

Amour, nous sommes les chaloupes
vides sur le flot des hivers,
et nous rêvons de Guadeloupes
où rugissent des lions verts.

Là-bas, vibrent des promontoires
sous le cri de tigres ailés ;
et dans des champs de roses noires
s'étirent des chats violets ;

des oiseaux sont couverts de feuilles,
des plumes poussent dans les prés...
Emmène-nous, toi qui recueilles
l'espoir des rêves déchirés.

Amour, jette-nous tes amarres,
Ouvre tes voiles et partons !
Les soirs dorment comme des mares,
Volez, volez, vieux hannetons !

XIII

Ce sera la maison blanche avec un arbuste
en fleurs sur le perron, et quand d'un geste brusque
tu ouvriras les volets jaunes, le jardin
mêlera, pour fêter ton rire et le matin,
l'odeur des seringats au parfum des framboises,
et les paons fastueux crieront sur les ardoises.

XIV

Dans l'odeur des œillets, du fenouil et du buis,
sur le vallon qui dort à la fraîcheur du puits,
ce sera, sous le toit rouge que l'aube mouille,
la maison blanche comme un ventre de grenouille.

XV

Ce soir d'octobre est lourd comme ta lourde chevelure,
et jamais plus mes yeux ne te verront ;
je n'entendrai plus ta voiture
s'arrêter au bas du perron.
Tu n'apparaîtras plus ainsi qu'une aube printanière
dans cette chambre où tu pleuras ;
et jamais plus dans la lumière
ne s'ouvrira la courbe heureuse de tes bras.
La tempête a brisé la lampe familière
qu'on ne rallumera jamais ;
sur tes épaules le temps verse sa poussière,
et tes yeux sont fermés.

XVI

Aux soirs tristes, devant la table d'un café,
tandis que se trémousse un air ébouriffé
que chante avec aigreur une donzelle étique
auprès d'un violon enduit de cosmétique
dont le sourire fat dure depuis des ans,
je regarde flotter, sur les crânes luisants
des vieux habitués qui rêvent, la fumée
de ma pipe où sourit une figure aimée.

XVII

Si je dois ne jamais oublier les sentiers,
les hêtres, les ravins bordés de noisetiers,
les bruyères, les digitales diaphanes,
les touffes de chardon que broutèrent nos ânes
tandis que nous montions vers l'azur ; si je dois,
songeant avec tristesse aux bagues de tes doigts,
entendre dans la nuit brillante de rosée
un souvenir battre de l'aile à la croisée,
c'est que, magicienne aux gestes de clarté,
j'ai vu dans la tiédeur de cet arrière-été,
se mirer les genêts et la forêt pâlie
dans tes yeux de douceur et de mélancolie.

XVIII

Des mois ont fui ; mais ma pensée
vibre encor du même frisson.
Non, la corde n'est pas cassée,
et c'est toujours le même son.

En vain je raisonne, j'ergote,
mon cœur toujours d'elle est empli ;
telle une vieille redingote
garde un immuable faux pli.

XIX

Mon désespoir vers toi grave et silencieux
s'élève comme un lis d'automne vers les cieux ;
et devant notre rêve aux lentes agonies
mon cœur est plein ce soir de larmes infinies.
Bonheur frêle, jasmins, églantines. lilas,
les minutes en fleurs se flétrirent, hélas !
Et je sens, aujourd'hui que l'espoir me délaisse,
s'enrouler tendrement sur mon âme qu'il blesse
et qu'il enserre en la douleur de ses replis,
ton souvenir ainsi qu'un blanc volubilis.

XX

Je revis doucement d'anciennes pensées,
et leur frêle pâleur d'estampes effacées,
ravivant les douleurs graves du souvenir,
fait encore mon rêve à ton rêve s'unir.
Tendres comme des fleurs, légers comme des plumes,
voici passer tous les plaisirs que nous élûmes ;
et mon cœur pénétré de leur triste parfum
pleure les jours enfuis et le charme défunt.
Ah ! que l'heure de joie et de bonheur renaisse,
où glorieuse en la beauté de ta jeunesse,
et rayonnant ainsi qu'un splendide matin,
outre-ciel tu forgeais ton rêve ! — Le jardin
dans le silence étend ses désertes allées,
et la rouille s'attaque aux vasques ciselées.
Hélas ! — Et j'appartiens au passé radieux,
aux jours qu'illuminait la flamme de tes yeux.
où mon cœur ignorant des tristesses moroses
était doux et léger comme un parfum de roses.

XXI

Dans la froideur de l'aube hivernale, il bruine
sur les palais branlants et les murs en ruine ;
l'église où s'unissaient les myrrhes et les chants
croule ; sur les degrés pousse l'herbe des champs ;
et les toits éventrés par les quartiers de roche
s'effondrent ; le lierre aux gargouilles s'accroche.

Dans la ville déserte, aux lueurs des flambeaux,
je pénètre et fouillant les caves, les tombeaux,
de l'aube au crépuscule et du soir à l'aurore,
éperdu, je me mêle au passé que j'adore.
Et voici des miroirs, des perles, des colliers,
des anneaux précieux à tes doigts familiers,
et des lis trépassés dont tu respiras l'âme.
Et mon cœur de tristesse et de douleur se pâme
en évoquant, parmi ces décombres, tes yeux !

Ah ! laisse-moi verser des pleurs silencieux.

XXII

Parmi la brume et la tristesse du matin,
languissamment les fleurs s'effeuillent au jardin,
exhalant la douceur de leur âme embaumée :
et nos rêves aussi s'effeuillent, bien-aimée.
La maison est déserte et nul ne s'assied plus
sous la tonnelle ; les deux bancs sont vermoulus ;
et, pareille à l'oubli, l'herbe envahit l'allée.
Ton souvenir emplit mon âme désolée,
et tristement je songe au soir où tu lias
parmi tes cheveux noirs de blancs camélias.

XXIII

Maintenant que tes yeux sont clos et que ta voix
ne murmurera plus les phrases d'autrefois ;
puisque je t'ai perdue, hélas ! et que la vie
est pareille au jardin solitaire, j'envie
le guerrier embrasé d'une héroïque ardeur,
qui, vêtu d'or, le glaive au poing, dans la splendeur,
blasphémant et dressé, farouche, sur la selle,
au milieu du tumulte et du sang qui ruisselle,
s'élance, frappe et meurt, troué de mille dards,
dans les plis triomphaux des rouges étendards !

XXIV

Le jardin bourdonnait de soleil et d'essors,
quand tu pris ton chapeau de paille à larges bords,
fleuri de liserons, fleuri de violettes ;
et les roses fumaient, vivantes cassolettes,
exhalant vers le ciel éblouissant et bleu
leur parfum plus subtil qu'une aiguille de feu.
J'écoute encor ta voix et je regarde encore
tes yeux illuminés aux fastes de l'aurore,
le sable humide et les grands lis que tu cueillais,
et les massifs bordés de sauges et d'œillets...

Heures parmi la joie et l'amour égrenées,
volubilis défunts et jacinthes fanées...

XXV

Maintenant que la neige a blanchi la maison,
promène ta douleur et vois à l'horizon,
au-dessus des cyprès funèbres et des tombes,
tes rêves s'effacer comme un vol de colombes.

XXVI

Souffle ta lampe ! Le matin
a frissonné sur les collines ;
et, morose, le cœur lointain,
dans la pénombre tu t'inclines.

Ouvre ta porte ! L'air léger
fera frémir les étagères.
Ouvre ta porte ! Le verger
est suave d'odeurs légères.

Et d'un esprit calme et plus pur,
loin des strophes que tu cisèles,
regarde vibrer sur l'azur
les colombes aux blanches ailes !

TROISIÈME PARTIE

Et mon rêve au soleil est un vaisseau fleuri.

I

Femme aux yeux de langueurs suaves et de fièvres,
d'un splendide manteau je t'envelopperai,
d'un manteau triomphal ardemment coloré,
rouge comme ton sang, rouge comme tes lèvres.

Et ce manteau, noué d'un éternel lien,
vêtira sans un pli ton corps souple et ton âme,
car je l'aurai tissé dans une nuit de flamme
avec les mille fils qui lient mon cœur au tien.

2**

II

Le vent hurle, et dans sa monstrueuse colère
jusqu'au lugubre ciel soulève les flots noirs.
Pas un astre. Mon rêve aux vastes désespoirs
erre sans gouvernail, lamentable galère.

Tu parais ; l'ouragan suspend son large cri ;
tu parles, et ta voix douce et lente l'apaise,
et la mer en chantant caresse la falaise,
et mon rêve au soleil est un vaisseau fleuri.

III

La porte du jardin donne sur la ruelle
et c'est là qu'un beau soir elle est apparue, elle
de qui l'amour est clair, comme l'aube et l'azur.
Elle m'attend. Le chat s'étire sur le mur.
Elle m'attend. C'est le village après le steppe.
Son sourire est léger comme une aile de guêpe.
Elle m'attend sous la tonnelle de roseaux.
Mon cœur est une cage où chantent mille oiseaux.
Elle m'attend, elle regarde la pendule.
J'arriverai dans la tiédeur du crépuscule,
et quand je la verrai me tendre les deux mains,
des roses de juillet pleuvront sur les chemins.

IV

Quoi ! pourrais-je envier
Pisistrate vêtu des royales étoffes,
ou le berger Ronsard, couronné de laurier,
conduisant le troupeau sublime de ses strophes !

Quoi ! pourrais-je songer
à la gloire d'Achille ou de Platon le sage,
lorsque je puis sous la tonnelle du verger
sourire à la beauté de ton jeune visage !

V

Girouette, tu peux crier sur les ardoises,
grincer comme une dent sur d'acides framboises !
Hiver, tu peux lancer aux vitres tes grêlons
qui bourdonnent comme une averse de frelons,
qu'importe ! Hiver, brandis tes trompettes de cuivre
et déchaîne tes chiens sur la route de givre
et les chevaux des ouragans ! Je m'en bats l'œil !
Je m'en bats l'œil ! Je lis des vers dans mon fauteuil !
Beauté des jours ! Beauté des livres et des lèvres !
A mon coupé, j'attellerai cent douze lièvres,
sous l'azur plus vibrant qu'une aile de perdrix,
et j'irai vers les bois que mon rêve a fleuris !

VI

Regarde le jardin abandonné, le banc,
et la tonnelle où tu pleuras au soir tombant,
la grange, le balcon rouge, le massif plein de
grives, le gravier bleu sous les marronniers d'Inde.
Quand tu partis et que ton rire s'envola,
j'eus le cœur gros comme un volume de Zola.
Mais te voilà ! — L'air est léger comme un sourire ;
ma tristesse fond devant toi comme une cire
sur la lampe. Rentrons. La porte grince et les
volets. Veux-tu, soyons deux oiseaux envolés !
nos regrets sont partis au grand trot des carrioles
cahotantes et nous ferons des cabrioles
dans l'azur. Le fauteuil est là, dans l'ombre. J'ai
déboutonné tes gants et, bruyant comme un geai
des bois, je ne dirai que des mots d'allégresse.
Vous pleurez ? Tu souris ? Est-ce de bonheur ? Est-ce ?...

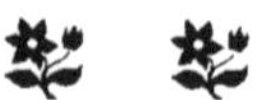

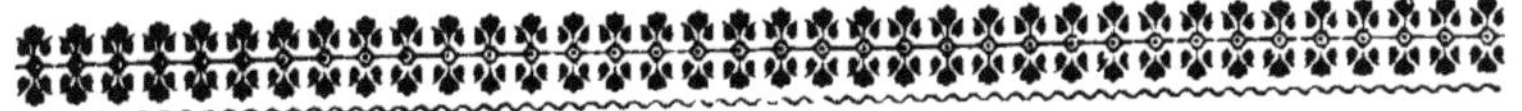

VII

Dans le calme, la barque se balance
    comme un vers que je dis
Dors, mon amour, aux vagues de silence
    des golfes attiédis.

Pour toi, j'ai déserté l'ombre des grèves,
    le lac et les roseaux ;
tes larges yeux ont reflété mes rêves,
    la mer et les oiseaux.

J'ai mis ma vie au chaton de ta bague
    dans l'ivresse d'un soir.
Dors, mon amour, il n'est pas une vague
    aux nappes de l'espoir.

N'écoute pas siffler sur toutes choses
          les merles que j'entends ;
et que pour toi les heures soient des roses
          sur la tige du temps.

VIII

Fumerai-je au soir de ma vie
une pipe en bois de laurier ?
Nous voilà vieux, ma pauvre amie,
j'ai eu vingt ans en février.

Nous avons lu beaucoup de livres
et crayonné bien des feuillets,
et, jadis blonds comme des cuivres,
nos rêves sont de blancs œillets.

Et tout cela n'est pas peu triste ;
Mais dans l'ombre où nous défaillons
enfin l'ironie oculiste
ouvre boutique de lorgnons.

Des lièvres dansent aux pelouses,
et dans ma chambre mon espoir.
Maintenant j'attends que tu couses
une rose à ton jupon noir,

et que le rire ensevelisse
sous des guirlandes de clarté,
notre rêve, ce vieil Ulysse
que les sirènes ont tenté.

IX

Dénouons les rubans mauves que tu voulus
fixer à nos propos et ne soupire plus,
idoine à réjouir les mânes de Coppée.
La bouche soit cousue et la langue coupée
aux pleureurs ! Nous devons rire. Tu l'oubliais.
Et pour l'amour, par qui tes songes sont liés
comme les blanches tubéreuses que tu aimes,
sur tes ongles étroits j'écrirai des poèmes
suaves comme la courbe de ta jambe ou
la clarté de ta gorge et creux comme un bambou.
Un tambour plein chanterait-il ? Et la tendresse
chante, divinement vide, dans ta caresse.
Ne me regarde pas avec ces yeux. C'est vrai,
Pardon. Tu n'aimes pas qu'on raille. Je serai
triste, si tu le veux, et grave, et pas plus tard que
demain je te lirai les œuvres de Plutarque.

X

Ah ! jeter les filets crevés, les hameçons,
les livres ! Devenir un de ces bons garçons
sans cervelle, railleurs des barbons à catarrhe,
qui le soir lancent des chansons sur leur guitare
et dont l'âme aux exploits amoureux se complaît.
Ils sonnent haut, ces creux ! et leur rêve est complet
s'ils voient rimer *austère* et *stère*, *Estelle* et *stèle*.
Mais sentir que la vie est l'épaisse dentelle
sous laquelle palpite un visage inconnu...

Un liseron s'enroule autour de ton bras nu.

XI

L'espérance apparut et tu lui ressemblais,
hier. Elle avait des yeux verts comme les blés
d'avril, des doigts légers comme l'ombre d'une âme,
l'aile d'un roitelet ou le cœur d'une femme.
Et de la voir si fraîche et limpide, les mains
pleines de dahlias cueillis sur les chemins
de l'aube, nous sentions au charme de son souffle
nos cœurs pareils aux deux flacons d'une guédoufle.

XII

Délaissons, s'il te plaît, Baruch de Spinoza,
ses termes épineux (*et verba spinosa*)
et partons vers les pins où l'air tiède murmure.
(Qu'il serait laid d'écrire ici le mot *ramure*
pour la rime!) Je viens. Ne gronde pas. Je viens.
Et j'abandonne aussi les vers virgiliens,
les calmes vers de qui ta tendresse est jalouse,
que traduisit Clément Marot (quinze cent douze).

XIII

Regarde. La glycine a jauni sur la porte,
et voici que l'automne aux tempes couronnées
de lierre caduc et de roses fanées
s'avance et d'un pied lourd foule les feuilles mortes.
Il marche et son manteau de pourpre au crépuscule
se dénoue et se mêle aux nuances champêtres.

Mon cœur, voici l'octobre ; et les joueurs de flûte
commencent à siffler sous la voûte des hêtres.
Veux-tu, nous quitterons pour la ville prochaine
les parterres flétris et l'ombrage des chênes,
et la maison rustique au milieu du feuillage
qui sut nous accueillir au retour du voyage,
et la source. Mon cœur, partons ; voici l'automne,
et la dernière abeille aux troènes bourdonne.

XIV

En l'honneur de ton nom je veux sonner du luth,
donner ma voix, donner mon cœur et donner l'*ut !*
Mon cœur dans le matin s'ouvre comme une rose ;
mon cœur est la pantoufle où ton orteil repose ;
aux baguettes du sort mon cœur est un tambour ;
mon cœur est une flûte aux lèvres de l'amour ;
mon cœur est le vieux puits où se mirent les branches
d'octobre et, par les soirs tristes, des robes blanches...
Et je pourrais ainsi lâcher du bout des dents
des vers qui me vaudraient l'estime des pédants,
car leur troupe se plaît en de telles sottises
comme les boucs parmi les feuilles des cytises.

XV

Vois ! le ciel est clouté d'étoiles cristallines,
et la lune a bleui les pentes des collines,
et tu es dans mes bras blanche de volupté
et vibrante et pareille à l'éternel été
qui verse sur nos fronts l'ombre des roses noires.
Tu bois superbement l'ivresse des victoires
et tu souris d'orgueil, car j'ai baissé vers tes
yeux tristes mon regard fait pour d'autres clartés,
et tu as triomphé sous les lampes complices !
Enfin, tu as vaincu le rebelle ! Et tu glisses
sur ma nuque ta main fraîche comme le soir...

Si je me penche sur tes yeux, c'est pour m'y voir !

XVI

Les souvenirs ce soir vibrent comme des mouches
d'été. Rappelle-toi la fille aux jupons rouges
qui portait une rose à son corsage ouvert
et qui gardait des cochons noirs dans un pré vert.
Elle chantait à pleine voix une romance
triste ; nous écoutions monter la plainte immense
et nous songions, le cœur morose comme un soir,
aux cochons du regret qui broutaient notre espoir.

XVII

Vous que je vois dans la clarté des lampadaires
de mon rêve, héros des amours légendaires,
jeunes hommes dont un cheveu lia les poings ;
ô vous qui roucouliez ivres en des pourpoints,
redingotes, bardocuculles et chlamydes,
et frôliez vos velours aux feuillages humides
des clairières, vous tous que l'amour distingua,
elle m'aime, et je porte un veston d'alpaga !

XVIII

Va ! tu n'es qu'une femme, une fleur vide, rien !
Tu me tiens, je le sais, par un souple lien
qui raille les ciseaux et se moque des limes,
et je sais que malgré mes révoltes sublimes
tu n'auras qu'à paraître avec ton chapeau blanc
pour que ce loup devienne un caniche tremblant.
Oui, je le sais ! Il faut ployer ! Il faut te suivre !
Je t'aime et je te hais ! Hélas ! le plus beau livre
s'effeuille quand paraît l'éclat de tes cheveux.
Et je suis l'éternel enchaîné ! Mais je veux,
et que ce fier aveu te flagelle ou te grise,
que tu saches du moins comme je me méprise !

XIX

Et tu disais : Vous tous qui souffrez d'insomnie,
pour goûter au repos que le sort vous dénie,
mélangez le tilleul et le suc de pavot.
Et si de votre mal nul philtre ne prévaut,
il demeure un remède héroïque et suprême :
lisez sur l'oreiller quatre vers de Derème.

XX

L'enthousiasme, comme un peuple de frelons,
        vibre dans l'heure noire.
Debout, et déchirons la nuit où nous râlons,
        pour un ciel de victoire.

Nos marteaux font le bruit crépitant des grêlons ;
        et pour le char d'ivoire
Je dompterai les mots comme des étalons
        qui traîneront ta gloire.

Se roidissent leur flanc sur le timon d'airain.
        et d'un vol souverain
que dans mon bras, ton corps qui tremble et s'abandonne,

        au tumulte du vent,
sur la rouge splendeur de ce couchant d'automne,
        s'élève triomphant !

TABLE

www.ingramcontent.com/pod-product-compliance
Ingram Content Group UK Ltd.
Pitfield, Milton Keynes, MK11 3LW, UK
UKHW022054170726
13837UKWH00002B/930